내 작은
창으로
아침이
오면

이 도서의 국립중앙도서관 출판예정도서목록(CIP)은 서지정보유통
지원시스템 홈페이지(http://seoji.nl.go.kr)와 국가자료종합목록
구축시스템(http://kolis-net.nl.go.kr)에서 이용하실 수 있습니다.
(CIP제어번호 : CIP2020034243)

이정애 시집

내 작은 창으로 아침이 오면

인쇄 | 2020년 8월 25일
발행 | 2020년 8월 28일

글쓴이 | 이정애
펴낸이 | 장호병
펴낸곳 | 북랜드
　　　　06252 서울 강남구 강남대로 320, 황화빌딩 1108호
　　　　대표전화 (02)732-4574, (053)252-9114
　　　　팩시밀리 (02)734-4574, (053)252-9334
　　　　등록일 | 1999년 11월 11일
　　　　등록번호 | 제13-615호
　　　　홈페이지 | www.bookland.co.kr
　　　　이-메일 | bookland@hanmeil.net

책임편집 | 김인옥
교　　　열 | 배성숙 전은경

ⓒ 이정애, 2020, Printed in Korea
저자와의 협의하에 인지를 생략합니다.

ISBN 978-89-7787-952-2 03810
ISBN 978-89-7787-953-9 05810 (E-book)

값 10,000원

내 작은 창으로 아침이 오면

이정애 시집

북랜드

작가의 말

까마득하게 세월 남아있다고
자만하고 살았던가
채찍질하듯 다가온
가을의 끝자락

낙화에 쌓여 있어도
남아있는 푸른 나무의 의상은
붙들고 싶다고

한 조각 한 잎이 떨어져
죽어서도 나누고 싶은
지독한 사랑

내 생명에
바람 불기 전
바람 불기 전.

차례

• 작가의 말

1

2

3

4

1

내 작은 창으로 아침이 오면

푸른 감나무 잎 사이로
붉은 장미꽃 얼핏얼핏 보이는 것은
내 사랑들의 웃음이 찾아온 것 같고

석류꽃이 기상나팔을 불며
선잠 깨우려 하면
라디오에서 물밀 듯 밀려오는 바이올린 소리
'드보르작'의 '라르고' 시가 노래 되어
나무들과 춤춘다

먼 여행길 떠났다
쉼터로 돌아온 듯
내 작은 창으로 아침이 오면
찬란하게 비춰오는 햇살

저 높은 하늘의 배려가
보이지 않는 곳에서
보게 되는 감사로 이어진다

겨울 아침

귤처럼 노오란 햇살 주단이
창가에 유혹하는 아침
커튼을 밀며 햇살을 받는다

두 팔 벌려 휘저으니
노란 물감이 후드득
마른 잔디 위로 흩어지는 것 같다

앙상한 나무와 나무 사이
새소리 청아한데
온기에 엉덩이 깔고
창밖만 바라본다

삼호선 타고 온다는 친구
점심 약속에
노릇노릇 구워지는 겨울 아침
벌써부터 달걀 내음 풍긴다

3·1절 국기게양

오늘따라 국기 게양하며
대한민국 만세 소리
가슴 후비는 바람

나라 위해 바친 33인 목숨
나라 없는 설움의 가시밭길
헤치며 세운 나라
대한민국 만세

동해의 해오름 따라
동방에 우뚝 선 우리나라
세계에도 빛났다

느끼고 누리고
길이길이 빛내어야 할 우리나라
지키고 키우고 영원히 보전하세

봄이 오는 꽃밭

닫혔던 땅
미닫이 여는 햇살에
선잠 깨어 나가보면
명찰 달고 나오는 새싹들

터져 나오는 함성
귀 기울이면
무슨 옷 입고 그대 앞에 태어날까
빨, 주, 노, 초, 파, 남, 보

오손도손 마주 앉아
꽃피운 얘기들
감사하고 찬양하네

하늘에서 내려오는
평화로운 이 공기
뜨거운 찻잔 돌리며 너와 내가 부어 마시면

그 누구도 저울질 못 할 행복
내 안에 참 평안, 자유, 기쁨

c v d 19 때문에

러시아 교환학생으로 가 있는 외손녀가
코로나 19 때문에
급작스레 돌아와 2주간 자가격리 상황

네 식구가 우리 집으로 이동
대형 캐리어에 노트북, 아이들 장난감까지
외국여행 온 것 같다

시끌벅적 우리 식구까지 9명
먹이고 마시고 놀아주기 청소하기
쉴 틈 없는 날이다

밤이면 윗방 아랫방 늦게까지 불 켜있고
연필통 연필처럼 쭉쭉 뻗은 다리가
새벽이면 다리끼리 포개어 자는 모습
웃음 절로 나네

가족계획 4명 성공이네 싶다

16

한 달을 3일 앞두고
떠밀 듯 보내고 나니 빨래, 청소에 진땀
옛말에 만날 때 반갑고
떠날 때 더 반갑다는 소리 실감 나듯
퉁퉁 부은 열 손가락
빨랫줄에 걸려 있다고

통증

걸어갈 때마다
공허한 소리 삐거덕
누구도 대신할 수 없는 홀로서기
깊은 우물 목청 높여 봐도
들을 수 없네

어둡고 눅진눅진한 겨우살이
파고드는 이끼
그 위로 비춰주는 햇살은 감사

소용돌이치는 숨결
내 볼에 만져지는 따스함
두 손으로 퍼 담아 먹고 마시는 순간
이어지는 생명은 또 고마워

아프지 말아야지
병원 문은 항상 대기 중이라고

하얀 코고무신

그녀는 미래병원 치매병동
그곳을 집으로 착각한다
젊어선 물오리처럼 예뻤을 외모
언제나 얌전하고 곱게 빗질한 머리
머리맡엔 하얀 코고무신 정갈히 놓여있다
세월 거슬러 정지된 세상에 사시는 할머니

회진할 때 슬쩍 걸어보는 농담
할머니 저 고무신 좀 빌려줘요 하면
안 돼요 그건 내 채림 신발이라고
깃털만큼 숱한 영혼의 등짐 무엇일까
하얀 코고무신 신고 새처럼 날아갈
그곳 어디일까

잃어버린 열쇠

그가 내게 맡겨둔 열쇠
어디서 잠자고 있을까
열쇠는 안 보이고
그는 독촉하고 온갖 망언 치매 노망

발이 이빨 되고 망치 되어 찾아봐도 없는걸
방향도 감각도 잃은 순간
눈 감고 기도한다

처음 열쇠를 맡긴 순간부터 차근차근
형광등처럼 켜진 생각
바보처럼 웃었네

아카시아나무에서 불어오는 바람
비둘기 소리 구구구 긴 심호흡
그는 지금 소의 귀에 시동을 걸고
성난 뿔로 어디론가 달려가고 있겠지

겨울나기

겨울바람에 간댕거리는
맥문동 줄기 까칠한 입술
보랏빛이다

겨우겨우 살아도 살아야 한다고
거뭇거뭇한 잎 사이로
터져 나오는 새잎

지난겨울 떨어지지 않은 씨앗 대롱대롱 단 채
과거와 현실이 손 마주하고 오네

다시 봄이 오면

앞만 보고 사는 게
나였나 봐
겨울을 이겨냈다는 오기

봄이 오면 제일 먼저
겨울 이불을 집어넣고
가볍고 포근한 봄 침구를 장만하리라

거실에 갇혀있는 화분들
햇볕에 내어놓고
바람과 물 듬뿍 부어 주리라

작은 채전밭에 상추 쑥갓 파 씨 뿌려
한 끼 밥에도 봄과 함께하면 좋지 않을까

화단엔 벌써
연산홍 자목련 산다화가 피어 도시의 친구들,
손자손녀들을 부르고 있다네

다시 봄이 오면 너로 하여금
손금에 새겨진 잔주름도 떼어내고

가슴속에 나의 사랑 더불어
저 하늘 바라보며
먼 길도 한 발 두 발
닦으며 가리라

낙엽이 지네요

정물처럼 서 있는 은행나무
노오란 잎 몇 가지 흔들어
가을이 빠져나가는 종소리

저무는 구름 조각 따라
멀리 하늘을 날은다

달무리 쳐다보듯
그리움은
빈자리로 모여들고

또 하나의 불씨 같은 사랑
호호 불며
슬픔을 떨어뜨려 내는 것이네

봄비 내리면

봄비 촉촉이 내리면
겨우내 마른 땅들이
빨대로 빨아먹듯
목젖 적시는 모습

꽃밭에 꽃나무들
쌔근거리는 숨결
목련, 연산홍, 명자꽃 몽우리 맺을 때
왠지 아련한 눈물 냄새 난다

작은 텃밭에 상추씨 파씨 고추씨 심어놓고
관심 이끌리고 있으면
흙은 거짓말하지 않아
심은 대로 거두는 것을

봉선화

장독 가 봉선화 필 때면
먼 데서 들려오는 언니의 음성
손톱에 꽃물 들여 줄까?

손톱을 도려내듯
아픈 사랑의 물 숨

봉선화 꽃물 속에
아롱지고 있다

가을은 저만치 오고 있는데

우수수 꽃잎 떨어지는
풍경 속으로
무성한 초록이 고개 들면
기다렸듯 뜨겁게 촉 세운 온도계
거침없이 대지에 풀어놓는다
팔 벌린 포도나무
뜨거운 격랑 속을 두려움 없이 달려간다
손가락이 굵어지며
마디마디 뒤틀리며
잘 익혀야 산다고
서로에게 힘이 되어야 사는 것이라고
구불구불 이랑 진 삶의 둔덕
추수하는 농부의 땀방울이
살아가는 세상을 만든다

아직도 설익은
내 안의 포도 한 송이 어쩌나,
가을은 저만치 오고 있는데

가을산

저기 저 산 좀 봐라
팔순 넘은 내 마음속
못다 한 그리움 활활
다 태우고 있네

남매지

비 오는 날
경산 남매지 못에 가보라

적막을 깨우는 연꽃 아래
피보다 진한 그리움

꽃잎 사랑이 열리는 뜻 아는가
얽히고 얽힌 핏줄의 사연

가난 끝에 매달린 남매의 정
비 오는 날은 빗방울 따라
전설처럼 생각을 불러 모으고

닫혀진 듯 닫혀지지 않는
그 아픈 빗장을 열게 한다

홍매화 한 그루 심었다

2020년 새봄 맞아
자목련 꽃 더 짙은 핏빛이다
새들이 방언으로 지저귀는 듯
코로나19 비상시국 전쟁이라고

나 몰라라 할 수 없는 전염병 때문에
자석처럼 당겨오는
만남의 재미
입는 재미
먹는 재미 모두 봉했다
오고 가는 사람도 없다

집안에서 생활하기 달인 되어
시장보기는 택배로
밑반찬 만들기, 장롱 정리,
화단 가꾸기, 풀 뽑기, 청소하기
열 손가락 다 아파도
병원 출입 두렵다

그래도 봄은 느끼고 싶어
홍매화 한 그루 사 와서
코로나19를 이기자고
꽃밭에 심었다

길이 없는 곳에서도 길이 있다고
길이 없는 곳에서도
길을 내는 사람이 있다는 명언처럼
한국, 대구의 의료진이
코로나를 퇴치할 수 있다는 믿음을
믿고 기다린다

감사의 기도

세상에 많고 많은 사람 중에
주님의 택한 백성으로 삼아주심 감사

지은 죄 많아도
회개의 문 열어놓고
용서 구할 때

먹장같이 검은 죄도
흰 눈처럼 되게 하신다니 그 은혜 감사

일용할 양식과
범사에 평안함 주시니 감사

내 생명 다할 때
부활의 주님 곁으로
불러주신다는 그 약속 믿음에 감사

민들레

바위틈 모퉁이 길 어디에나
낮은 자세로 살아도
하늘이 온통 다 보여요

세상이 냉하거든
작은 손이라도 마주 잡고
우리 서로 웃어봐요

때로는 바람처럼 훨훨 날아다니며
아주 높은 빌딩까지 올라가
하얀 꽃씨 담아 들고 하늘을 바라봐요
그분의 음성 들을 수 있지요

해 저무는 강가에서

 잔물결 일렁이며
바쁜 걸음으로 흘러가는 강

도란도란 물소기 기억의 저편
울컥 편린처럼 번쩍이는 살아서 듣는 말

웅성웅성 질펀한 강둑을 건너가는
바람이 되었을까

한세상 꽃 지듯
하늘과 땅 사이
잴 수 없는 거리로 갈라놓고

저녁노을 붉게 강변을 쓰다듬고 있네

벚꽃 길

바람에 흩날리는 꽃잎에
감탄하는 얼굴빛
꽃처럼 환하다

꽃봉오리 맺고 있는
묵시의 시간에서
낙화하는 순간까지

차마 손 내밀 수 없는
너, 맑은 빛의 세레나데
침묵으로 흐르는 그리움
어찌 꽃이 되어 흐르는지

겨울 연지

먹을 간 듯
질펀한 겨울 연지
어둠 속 열망하는 소리
봄은 다시 온다고

은밀한 시간 위로
햇빛은 소금 간 하다
축복처럼 하얗게 눈 내리면

붓으로 획을 치듯
그림 속에 잠든
겨울 연지

마고 할미

교통카드를 챙겨 왔는지
다시 확인하느라고
길에서 가방을 뒤적거리는
2% 모자라는,
가끔 삐걱거리는 무릎 관절처럼
아프다가 안 아프다가
불시착 신호
우리 할머니, 깜박깜박한다던 그날이
꼭 이날 같아서
웃다 우는 마고 할미

보리 나이

보리밥에 물 말아 먹던 날
외할머니 밥상엔 이밥 고봉이다

그쪽 상 흘깃 보며 목구멍으로 꾹꾹 밀어 넣던 보리밥
요즈음은 귀한 밥 되어 보리밥집이 성수기네

세상이 거꾸로 변한 것은
그때 그 어렸던 사람들 자라
목숨 다해 일했지

독일로 사우디로
간호사로, 광부로, 노동하며 나라도 가정도 일으켜
세계가 하나 되고 온갖 음식들이 열려,
오고 가는 세상 되었지

이밥 너머 새싹밥, 혼합식, 밥이 수십 가지다
옷처럼 화려한 밥상이 되었다

그래도 그 보리밥 먹고 자란 사람

보리 나이 먹어서일까

가끔씩 그 밥 생각나서

그 시절 그리워질 때면 찾아가본다

그 목소리 들을 수 없는데

사는 일이 밥 먹듯 하지만
오늘 같은 날은
엉겼던 서러움 녹아내리는
따뜻한 그 차가 생각난다

한 생의 결핍되어 가는 삶이
목젖 내리도록 아린 맛이다

살고 싶다고 더 살 수 없고
말하고 싶어도 말할 수 없는
바위처럼 무거운 침묵

허허롭고 냉정하다
언젠가
눈 오는 날은 언제든지 오면
차를 제공해주리라 하던

그 집 앞도 그냥 지나가고

언젠가 눈 오면 그 집 갈래? 하던
그 목소리도 들을 수 없는데

넝쿨처럼 당겨오는
탱탱한 삶의 끈
가을비처럼 엉겨 붙는 우울 속에서
따뜻한 그녀가 보고 싶다

둘째 언니

경남 함양 가는 길
길가에 코스모스
우리 형제 만난다고 마중 나와 손 흔들어 주면

뭉게구름 뭉게뭉게
함께하지 못하는
큰언니 생각에 눈물 난다

큰언니 떠나고 나니
둘째 언니가 버팀목이 되어
일 년에 한 번 만나
못다 한 얘기 풀어놓느라
눈꺼풀이 퉁퉁 붓기도 하지

하룻밤에도 만리장성 쌓는다는데
늘 섭섭해하는 언니
핑계 아닌 핑계 하고 돌아온다

함양의 공기와
언니의 사랑은 찰떡궁합이라
올 때는 보따리마다 가득가득
간장, 된장, 고춧가루, 참기름, 깻잎김치
엄마처럼 큰언니처럼 챙겨주면
언제나 고맙고 미안한 마음이다

버스를 타고 돌아오는 길
잘 가고 또 오너라며
오랫동안 서서 손 젓고 서 있는 우리 언니

그 예쁘던 모습 다 어디 가고
함양이 공기 좋고 인심 좋다며
촌로의 모습대로 살라 하네
내 안에 버팀목인 내 사랑하는 언니
늘 거기서 평안하길 바래

노을에 물들다

어우러져 살던
사랑하던 사람들

낙엽 지듯
하나 둘 떠나가고

마음 허전해
어쩌지 못해서

가을 바람 앞세우고
나서는 골목 끝

아스라이 번지는 석양
소리 없이 울음 우는 호수

하늘 땅 큰 설움들
노을로 물들고 있다

만원버스 안에서

시내버스 손잡이에
주렁주렁 매달려 가는 사람들
수십 수백 가지 사연 가슴에 숨기고
노예처럼 끌려가는 그런 삶
무거운 책가방에 허리 찔리기도 하고
예리한 구두 뒷굽에 밟히기도 하는 아수라장
지은 죄 없이도 하루가 철장 신세
벗어날 시간 기다리며
손목시계 보는 학생들
정거장마다 자유 만난 새처럼
날고 있다

버스 정거장에서

긴 사각형의 나무관을 싣고
달려가는 트럭에
눈이 머물렀다
움칫하는 순간에도
저 관 속에 갇히어
끝이 보이지 않는 눈물의 이별

어머니도 아버지도 모두들
삐걱거리며 오르는 산길
저 길을 오르기 위해
무수한 시간들
잘게 부수어진 바람이었구나

천둥처럼 스쳐 간 시간들이
바퀴에 실려
느리게 그리고 빠르게
돌아오는 가교에서
눈이 시리다

기다림은 언제나
설레기도 하지만
또 하나의 낮달 같은 그리움에
목숨이 탄다

하루살이

해 질 녘 창가에
모여든 하루살이
노을빛 따라 분주하다
하루를 보상받는 삶
이 하루가 천금 같은 시간이네

뇌수면 상태에 빠진 밤

잠 오지 않는 밤
사방 둘러봐도 어둠뿐

나를 압박시키는
벽 속 공간

뒤척이다 뛰쳐나간 문밖
올려다본 하늘

터널 빠져 난 시공간의
긴 호흡 열리고

올려 본 하늘엔
깜박이는 별 하나

두 팔 별렸다 허리 굽히기
별 하나 깜박이며 안겨온다

꿈인가 생시인가
저 남자

아직도

저 싸늘한
저승사자의 눈빛으로
고목의 밑동을 기웃거리는 바람아

살아가는 도처엔
반딧불 반짝이는 웃음들이
해초처럼 일렁이며 오고 있는데

불현듯 찾아와
일상조차 흔들어 깨우는 너는 누구인가

살아가는 세상
관절마다 인공관절
한 몸 되어 살아간다 해도

꿰매도 핥으며
놓지 못하는 사랑처럼
몇 방울의 피 희석한

뼈저린 인연들

햇살 부신 작은 창
열리는 불빛은 늘
따스해야 한다고

아직도
붉은 피 돌리고 있다고

시선

실낱같은 바람
스쳐 간 우듬지에
잠자리 홀로 맴돌다 가는 정적

먼 데서 뻐꾸기 울음소리
듣고 있노라면
푸새처럼 마른 잎들
노을 젖은 제 그림자에 놀라
파르르 떨고

가을비는 오다가다
비릿한 세상에
타래로 풀어놓고

가뭇가뭇한 세상
차갑도록 비는 내리고

앞이 보이지 않아도
가야만 하는 발상發祥을 가진 자의 용기
촛농처럼 녹아 불 밝혀질 세상은 언제쯤 올지

비슬산

진달래 만발한 비슬산 가는 길
고운 님 만나러 가듯 설레는 마음

손에 손 잡고 산을 오른다
각시가 이뻐야 장맛도 난다고?
일류 가수가 노래를 부른다고?

아니 아니
한 맺힌 어떤 영혼 탄생을 했다고?
산에는 우리가 모르는 힘이 있다네

햇빛과 바람
얼굴 모르는 우리들에게
어찌 그리 환한 웃음 스며들게 하는지

오르고 또 오르니
눈에 환한 진달래꽃
산정이 붉게 타오르네

3

새벽길

새벽길 걷다가
하늘 멀리에서
반짝이는 별빛
한낮의 삶의 실상들 잠든
고요와의 만남

이 세상 어디엔가
마르지 않을 사랑의 샘 찾아
목마름 적실 때
세상의 흔들리며 살았던 일상도
뜨거운 눈물과 만나게 된다

찢어지고 녹아져서
새벽 별처럼 빛나고 싶어질 때
아침은 먼저 와서
새와 나무를 풀어 놓고
해맑은 당신의 길 열어 주고 있었다

그 바다

동해 그 바다에 가면
성큼성큼 파도로 밀려오는 너
하얀 물망초꽃 흔들며
달려오기도 하지

만지면 손가락 사이로 사라지는 물보라
이제는 바다와 몸 섞어
바다의 신부가 되었다고

아침 식탁에 오른 이슬만 먹는 네 모습
아득해서 너무 아득해서
바라보는 그 바다
눈물조차 시리다

밤비

또닥또닥
마당에 떨어지는 밤비 소리

엄마와 함께 살던
고향 집 마음 귀 밝아온다

하늘 먼 곳에서
보내오는 문자

오랫동안 갈급했던
언어들의 의미를
퍼즐처럼 맞추어 보는 시간

가슴속 살아있는 그 사랑
그리워하고 있다고 나도
똑똑 문자를 찍어 올립니다

빨간 우체통

오늘 내 우체통 심심하다
금년 들어 첫눈 내리는데
보고픈 친구 어디 갔나

저렇게 첫눈 내릴 때면
차 마시러 갈까
극장 갈래 전화가 왔는데

내 마음도 마음 같지 않아
빈 우체통만 열어 보네

꽃이 좋아

너 나 할 것 없이
허물 많은 우리들에게
꽃은 언제 보아도 미소로 반겨준다

하늘에 별처럼 제 이름을 가지고
엄마같이 수수한 꽃 봉선화
언니같이 예쁜 매화
친구처럼 예쁜 백일홍, 국화, 목단
동생 닮은 채송화, 나팔꽃
신부 같은 목련화 모두가 한데 모인 정원은 늘 평화롭다

목마를 땐 물 주고
발밑이 가렵다면 잡초도 뽑아주며
어디가 아픈지 아침마다 챙겨준다
우리가 서로의 교감을 느낄 때 행복바이러스는 더 높아
꽃을 찾아오는 나비도 잠자리도 평화롭다
나도 이맘때면 꽃을 시중드는
좋은 친구가 된다

부추전

봄비가 촉촉이 내리는 날
부추전 굽다

세월 따라 변한 입맛
구석구석 널려 있지만

오늘 같은 날
불현듯 생각나는 어머니의 부추전

청양고추 송송 썰어 넣은 그 맛
잊을 수 없어

비만 오면
고치실 뽑아내듯

어머니의 그 손맛 이어받아
고소한 부추전 먹으며
이야기꽃 피운다

어떤 날

-닭의 운명

너 어디서부터 잘못되어 온 것인가
꽁지털 뽑히고
가슴털도 다 뽑힌 초라한 네 모습
동네 한 바퀴 돌며 물어봐도
주인은 없다

닭의 고아원 원장으로 맘 정하고
하룻밤을 박스에 재우고 나니
알 하나를 선물로 주었다

그의 마음이 예쁘고
수난당한 초췌한 모습이 가엾어 보여
인터넷 부동산으로 집 한 채를 구입했다

빠르게도 구입한 집이 도착하자
양지바른 곳에 자리 잡아 입주시켰더니
그 여인 얼굴이 환하다
누군가에 의해 운명이 달라진 것

맹수에 물려 뜯기거나
달달 볶아 기름에 튀겨 죽었을 너
새 한 마리 못 죽이는 우리 식구들을 어찌 알았던가

날마다 물 주고 모이 주니
어떤 날은 날개를 탁탁 치며 물 한 모금 쭉 마시고
빙글빙글 돌며 꼬기오 인사한다
비로소 안도의 표정
그녀의 가슴속 불안의 울음 내려놓는가 보다

그 바닷가의 추억

눈 감으면 그 바닷가 파도 소리
은빛 꽃 여울 출렁이는
산빛 고운 가포바다

석양빛 어린 파도 소리에
슈벨트 아베마리아 휘파람 소리

목에 건 황금 목걸이처럼
지니고 살았던 추억

꽃 피고 지는 날에도
때로는 반반씩의 즐거움
일기장에 새겨 넣었지

달밤

창밖을 내다보니
유리처럼 맑은 하늘
저 환장할 달빛

저리도 환한
채운에 물들면
그대 안에 쉴 수 있다고

일월산

일월산 굽이굽이 돌 때마다
곱게 물든 단풍잎

무슨 텔레파시 전하는가
울긋불긋 번져가는 단풍나무
산골짝마다 가을 노래

절로 굽이치는
네 몸속 붉은 피
내 속에도 일렁이고 있다

여름밤

불 끄고 누우니
창밖에 달 떠서
아늑한 마을

목련나무 숲
스며 앉은 매미
능선 위 바람 같은 노래

찌든 여름 지나면
가을 겨울 온다고

오고 가는 세상
노 젓다 떠나간 하늘엔
아득한 별 이름 반짝이고

5.6 지진 앞에

우 우 우주가 흔들리는 느낌
무섭게 밀려오는 순간의 떨림
아무런 생각도 손실된 채
더듬더듬 허우적거림
시커먼 새 한 마리 날아간 순간
티끌처럼 주저앉아
그대 앞에 초라한 내 모습

마네킹

백화점 쇼윈도에
화려한 옷 입고 선 그녀
늙지도 병들지도 않고
아름답게 치장하고 있네

백화점 갈 때면
가끔 마네킹이 되어 보는 꿈
영혼 없는 신호등처럼 서성이다
그만 푹 빠져서
우쭐대며 다니던 적 있었지

지금도 그 유혹 살아있지만
근간엔 그 마네킹 좀체
날 부르지 않네

유월이 오면

일본 가신 우리 오빠
고향 그리워 울었지
뒷산 뻐꾹새
아들 보고파 울었지

청보리밭 이랑 사이
하늘 보고 누우면
소슬바람 나붓나붓
꿈속에나 만나던 우리 오빠

육이오 그때 그 고픈 세월
이기고 돌아오겠다며
고향 떠난 후
무슨 발목 잡혀
오고 싶어도 오지 못하고

엄마야 누나야
일본과 한국이 왜 이리 먼 걸까

언젠가 돌아가겠다던
편지 한 통 보내온 후
샛노란 거짓말 되어
영영 못 만나고

유월이 오면
앞산 뒷산 마주 보며 뻐꾹뻐꾹
뜨거운 눈물 부려놓고
엄마, 오빠 하늘에서 상봉했다네

유월이 오면
서러운 저 새소리
내 가슴 퉁퉁 북을 치게 합니다

들국화

인기척 없는 산기슭
하늘대며 피어 있는
보랏빛 들국화

가물거리던 아지랑이
그 화사한 친구들
다 어디 두고

이 외론
산기슭에 피어 있나
어머니처럼 호젓한
산기슭

이승에선 못 만날
어머님 찾아가면
너는 보랏빛 너울 쓰고
날 맞아주네

엉얼 진 외로움
어머님 생전에
너는 어떻게 비쳤을까

연연한 너 빛깔 속
어머니 눈물 스며 있다
그렇게 스며 있다

착각

7살 된 외손자와 이야기 끝에
나는 그만 실수를 했다
애국자 유관순 독립운동가 이야기하다
유관순 이야기를 논개로 착각한 것이다

진주 남강에서 일본군 장교를 안고 죽었지 말했는데
할머니 그건 아닌데요

삼일운동 때 태극기를 손에 들고 독립운동하다
투옥되어 죽은 사람이 유관순이에요
그런데 강물에 빠졌다는 건 언제쯤인가요?
아뿔싸 실수구나 하고 미안 미안 할머니가 착각했어요

그럴 수도 있지요 할머니이니까 착각도 할 수 있다고
옆에 있는 아들이 아이구 참 엄마도 왜 그러시유?

홍매화

나 오늘

달콤한 바람이고 싶다

입술 가득 홍매화 향기 품고

콧소리 내며

당신께 달려가고 싶다

겨울을 이기게 하신 이여

앙상한 가지에

샘물 흐르듯 생명 주신 이여

당신의 핏물로 씻음 받아

맑고 선명한 붉은 빛으로 거듭나

이 봄 당신의 선물로 바치렵니다

택배

택배가 왔다
이른 봄부터
비탈진 밭뙈기에
농사짓는다 하더니
주먹만 한 감자와 고구마를 보내왔다
무릎이 아프다면서도
가는 세월 그냥 보낼 수야 있냐고

하지 마라 하지 마라 자식들이 말려도
자식들이 늘 함께 있는 것도 아니고
심심풀이로 한다며
감자 씨 심어놓고 감자꽃이 피면 좋고
고추씨 심어놓고 고추가 달리면 좋고
열매 맺어 나누면 좋지 않으냐고

못 말리는 우리 언니
사랑 한 보따리
택배에 실어 보냈네

그 사랑 어디 갈까

찜통에서 달콤하게 익어가는 고구마
삘리리 삘리리 감사의 노래가 나온다

4

순천만 갈대밭

천만 번 바람 불다 잠드는
순천만 갈대밭
달빛 찬란히
치마폭 감기며 온다

명치끝 맺힌 멍울
긴긴 세월 닦아내어도
서걱이는 바람 소리

눈물 글썽이며 오는 그림자
갈대밭 달빛 되어
한없이 걸어가고 있네

슬픔에게
– 낙엽

내 앞을 무수히 날아간
낙엽들
가을, 가을 하며 머리채 흔들다
날아간 그 꽃

이별의 공항도 아니요
이별의 선착장도 아닌
쳐다보면 망망한 하늘
가면 다시 돌아오지 못할 그 길을
혼자서 가는 곳

그대 젊음의 시간들
화려하진 않아도
어깻죽지 펴고 살아온 세월들
수만 개의 잎사귀로 펄럭이며
천년만년 살 줄 알았던 삶이
어느 날 몽유병처럼 혼미한 상태 되어
떠나는 저 낙엽 되었네

관절염

살아온 날들 너무 소중해
한순간도 없어서는 안 될 너를
관절과 관절로 이어 살 듯
육십여 년 함께 살아왔었지

너와 나의 연결고리
어쩜 아픔이 절반을 차지하고 살아왔지만
그래도 있어야 할 자리이기에
아프면 치료하고 용서하고 이해하고

세월 지나고 보니
아주 큰 그릇으로 보듬고 살아야 할 것들에
상처 입히고 토라지고 한 짓들
뒤돌아보면 아무것도 아닐 수 있었던 것을

다 닳고 고장 난 육신
삐걱거려도 아파도
관절처럼 이어갈 우리의 삶이 되었네

청소차

이른 새벽 청소차 소리
어지러운 세상
어지러진 양심들
성추행, 탐욕이 저지른 모르쇠 얼굴
몰래카메라, 어린이 괴롭힌 치한
거짓종교 신천지, 코로나19
모두 모두 쓸어가라
속 시원하게 싹싹 쓸어내어
불태워버려라

메마른 세상
눈물 없는 세상 다 실어가고
자라는 아이들
밝고 명랑한 세상 물려주어
연어처럼 뛰며, 굴며
자유롭게 살 수 있는 나라 되길 바라네

바람에도 뼈가 있다

그 바람에는
뼈가 있었다
봄이 와서
저 강물에는 얼음이 녹고
매화꽃이 피어나도
눈 뜨지 못하고
시들어가는 고고했던 나무 한 그루

오로지 순박하기만 한 그녀에게
농약 퍼붓듯 하는 고문
죄 없이 당하는
십자가 밑에 딱 엎드린 마리아의 고통이었습니다
하늘이 높고 푸르지만
부르짖어도 진실은 금방 나타나지 않았고

진실보다 아픔이 먼저 와
몸져누운 그 여인
얼마나 아프고 얼마나 견뎌야
진실을 알아줄까

하늘 향한 기도

거짓도 진실이라 말하라는
설명할 수 없는 사상적 이율배반
한국전쟁 후의 이데올로기인가
흘러간 바람이라 하기엔
당한 고통은
평생을 무엇으로 보상받지 못하고
하늘로 날아가셨는데

아! 나는 내 뼈가 삭아가고
피가 탁해져도
그 아픔이 장밋빛보다 고와서
내 두 귀가 하늘로 열려 있나봅니다

노랑나비

7월 중순 땡볕에
노랑나비 한 마리
땀 젖은 내 등 뒤를
살랑살랑 따라다닌다고
그 사람이 하는 말

당신 형부 돌아가시던 날
무덤까지 따라가던 그 노랑나비
그 나비가 우리 집에 왔나? 환생?

별소리, 나비가 그 한 마리뿐인가 해놓고
우리 내외 늙었다고 보러 왔남?
괜시리 침묵이 흘렀다

나비는 허물 벗고 날아가면 집이 없다는데
그럼 여태 허공중에 있었단 말인가
그럼 어쩌나
천국으로 가야 하는데…

비무장지대

식은 땀방울이
금지구역 소나무에
솔방울로 맺힌 산속 비밀
약간은 으스스하고 쓸쓸한 느낌

짙푸른 소나무가 된 군인들
뜨거운 입김으로 서로의 어깨 다독이며
산을 키우고 있는 모습
든든한 대한의 아들들이다

일렁이는 바람 따라
쥐었던 손 폈다 다시 쥐고
불끈불끈 타들어 가는 자유의 목소리
북녘 하늘 향해
목 터지게 쏘아 올린다

친구에게

화단의 꽃들이
도시에 사는 내 친구들에게
편지를 보냈단다

뜨락엔 붉은 연산홍 자목련
하얗게 터뜨린 배꽃 바라보며
차 한잔하자고

나 가진 것 별로 없어
줄 것도 없지만
노오란 감꽃으로 꽃반지, 팔찌 하던
수정 같은 추억 떠올리며

오월이 주는 실크 빛 햇살과
바람, 공기, 물
싱싱한 무공해 채소와 된장찌개로
점심 한 끼 대접할 것이라고

꽃들이 먼저 알고
편지를 보냈단다

사진을 찍다

어느 주일 오후
아들이 70세 이상
무료 영정사진 찍어준다는 광고에
한복 차려입은 교인들
치즈 하며 포즈를 취한다

차일피일 미루던 사진
숙제 풀었다는 소리에
바람이 일렁이네
눈물이 날 것 같네

장롱 깊숙이 간직한 사진
묘한 기분 뭘까
어느 장례식장 단 위에
높이 세워 둘 독사진
이승과 저승의 마지막 보는 간절함

천둥처럼 부둥켜안고 울어대어도

들리지 않을 담담한 모습
꼭 다문 입가의 미소가
또 다른 세계를 향해 가는
무아지경이네

작은 내 딸

너를 낳고 너무 예뻐
'아가'란 시를 처음 쓰게 되었지
매일신문 투고 당선되어
온 집안 행복해
신문 조각 들고 너의 유치원 친구들에게
자랑하는 네 모습 보고
시 쓰는 엄마 되어야겠다고 생각했지
자녀들 훌륭하고 반듯해
희망이 보이고
하나님 믿어 감사하다
사람마다 가슴에 섬 하나 있지만
수빈이의 삶은 하나님의 어떤 뜻으로
네게 준 고통 같지만
더 큰 믿음으로 향하라는 뜻인지도 몰라
너의 시부모 정서방 모두 든든한 버팀이 있고

신앙이 용기와 결합될 때 위대한 일을 이룰 수 있다는
명언도 있지

이제는 너희들 나보다 더 잘 배워
이 분주 복잡한 세상도 지혜롭게 헤쳐 나가리라 믿는다

서로 사랑하며 용서와 격려가 있으면
하늘의 축복이 임하리라 믿는다

큰딸에게

코스모스처럼 나긋나긋하고
키 큰 내 딸
어릴 적부터 호기심 남달라
하고 싶은 것도 많았지
엄마의 가슴속에 눈물 꽃씨 한 알
아프게 심어 주었지만
우리의 기도는 사랑의 꽃으로 피어
너는 내 삶의 노둣돌처럼 나를 보호하고
기둥처럼 나를 버티게 하는구나
고마운 내 큰딸
이 집안의 보석으로 남아 행복을 만들어 갈 것을
엄마는 믿어 의심치 않는다
건강이 제일이니 늘 건강하길 기도해

링거병

큰언니 집 화단 가
버려진 링거 주사액
반 정도 남아있었다

더 이상 목마르지 않다는 신호에
사막의 바람 냄새
하늘을 찌른다

링거병에 갇힌 눈물
나 어찌하라고

그냥

그냥 아무런 말도 하고 싶지 않을 때
산골짝 흐르는 물소리 곁에
앉아 있으면
도란도란 내 이름 부르듯 하여
대답처럼 카랑한 물에 손 담가 본다

물은 혼자 먼 길 향해 졸졸 잘도 흐르고
기나긴 세월 뒤돌아볼 겨를이 없다고
다만 흘러서 갈 뿐이라네

뒤돌아보는 것은 지워 가는 것일까
늦은 후회가 돌아와
뽀드득 비누로 손 씻듯 씻어버린다

저무는 태양처럼
비스듬히 하루를 다 먹어 채운 배 불림으로
구름처럼 하늘을 떠돌다 갈 수 있으면 좋으련만

돌 위에 붙은 이끼의 눈물처럼 엎드려
하늘 가까워질수록 외롭다고
보이다가 볼 수 없다는 것에 대하여

세월

바람의 혀가 따뜻해
녹녹한 나무 이파리들
입술만 닿아도 까르르
보석처럼 반짝반짝하더니

바람의 혀가 매섭게 부는 날
온몸의 전율
그 매정함 어디서 올까
뚝뚝 떨어지는 눈물
한 치 앞 모르는 내 어리석음이

누덕누덕 상처로 남아
무심한 바람에
짙어오는 고독
빈 나뭇가지 흔들며
다시 올 봄을 기다리다

살아온 흔적 되돌아보며
사랑한 곳마다
붕대로 싸맨다

워낭 소리

노인과 소
전생에 모슨 인연이었기에
가시밭, 좁은 농로 마다 않고
짓무른 손발 앞세워
살아가야 할 업보

서로를 바라보는 측은한 눈빛
무슨 죄 있어
이끌려 다니는 모습인가

고단한 삶의 끈
어디까지일까, 남자란
원죄의 슬픔에 메어지는

운명의 끝에서 탈진한 두 모습
음메… 워낭 소리
소가 부르는 마지막 소리

하늘에 천둥 치듯
노인의 심장에도
뚝 금 가는

겨울나무

이파리 무성할 때
너 어디 있었니

바람 불고 서리 내려
숭숭 구멍 뚫리고 보니
저만큼 멀어진 사람

외롭고 쓸쓸할 때
곁에 있는 나무
더 단단한 내 친구

나의 삶과 문학

화살처럼 지나간 세월을 꼼꼼히 캐내어 서툴지만 양파껍질 벗기듯 나를 한번 벗겨보기로 하였습니다.

나는 경남 합천군 묘산면에서 출생했습니다. 나의 아버지는 이곳 면사무소에서 공무원으로 계시다가 면장직을 받고 얼마 안 되어 맹장염으로 돌아가셨다 합니다.

육남매 자녀를 두고 어머니는 어떻게 살아오셨는지 지금도 생각하면 대단한 분이라 느껴 감탄한답니다. 다행히 어머니의 친가가 그 당시 만석꾼은 안 되어도 천석은 되었나 봅니다. 어머니는 우리를 데리고 어머니의 친정 가까이로 이사를 했습니다. 그땐 차도 없었고 달구지 같은 수레를 타고 수십 리 길을 흔들리며 타고 온 생각이 떠오릅니다.

이사한 집은 외삼촌의 서재로 사용한 집인데 그곳이 비어 아마 그곳으로 가게 되었나 봅니다. 방 두 칸에 거실과 부엌이 전부였는데 위로 산이 있어 봄이면 뒷동산에 올라가 놀기도 하고 쑥을 캐는 즐거움이 있어 좋았답니다. 그 산에는 늑대도 산돼지도 노루도 있었지만 한 번도 물리거나 놀란 일은 없었답니다. 평평한 묘지 앞엔 소나무가 우거져 있어 친구들과 놀기도 좋았고 참꽃이 피어 아름다웠습니다. 소나무 아래로 갈비가 쌓여 사람들은 그것을 갈퀴로 긁어모아 군불을 지피는 데 유용하게 사용해 왔답니다.

이곳에서 어린 시절을 보내고 육이오 전쟁도 겪었답니다. 피난 생활도 경험했지요. 어른들은 전쟁의 두려움을 잘 알고 있었지만, 저에겐 약간의 두려움뿐 전쟁이 얼마나 무서운지는 잘 몰랐습니다.

당시 피난 갔던 '웃터'라는 산골은 잊을 수 없습니다. 몇 가옥이 함께 머물렀는지는 기억이 나지 않지만, 밤이면 한곳에 모여 잠을 자고, 가져온 미숫가루로 식사를 했습니다.

낮에는 혼자 몰래 나와 바위 위로 흐르는 물에 정신이 팔렸고, 바위를 핥고 내려가는 물 아래 가재가 노니는 걸 보고 보물상자라도 발견한 듯 신나서 해 지는 줄

106

도 몰랐습니다. 그러다 꾸중을 듣기도 하였지요. 꾸중 들은 후 밖을 나가지 못하니 빛나는 바위, 물소리, 네 발로 기어가는 가재, 작은 물고기 생각에 참을 수가 없었어요. 아침이면 전쟁이 뭔지 모르는 새들의 노래가 그곳이 천국인 듯 조용했답니다. 나이가 들어도 그곳 바위와 맑은 물이 그리워 한번 가려 했지만 그 자연은 고속도로에 묻히고 없었답니다.

어느 날인가 푸른 제복을 입은 군인 아저씨가 나타나 전쟁이 끝났다며 짐을 꾸리고 내려가자고 했습니다. 모두 뛰어나와 만세를 부르고 좋아 어쩔 줄 몰라 했습니다. 전쟁이 뭔지 지금의 아이들이 모르듯 그때 제가 그랬다는 것을 내 자식들에게 이야기하기도 합니다. 전쟁은 절대 나서는 안 된다고….

그 후로 어머니는 시장 근처로 이사를 했고 먹고살기 위해 장사도 두려워하지 않았습니다. 낮에는 일하시고 새벽엔 일찍 일어나 교회에 가시고 너무나 열심히 사셨습니다. 그 모습에 우리 언니 오빠도 열심히 어머니를 도우며 살았습니다. 오빠는 일본으로 돈 벌러 가시고 내년에 꼭 오신다고 했지만 무슨 영문인지 오시지 않고 돈만 보내셨습니다. 그때는 일본과 한국 사이가 지금처럼 쉽게 오고 갈 수 없는 형편이었답니다.

이런 배경 속에서 고향의 초중고를 마쳤습니다. 유학의 꿈은 점점 자라나 시외버스만 왔다 가면 '나도 꼭 저 버스 타고 대구에 가서 공부하리라.' 결심하고 밤낮 열심히 공부했지요. 그러나 막상 대구에 시험을 치고 합격증을 받았지만 당시에도 등록금이 만만치 않았어요. 어머니는 여자도 공부를 해야 한다며 하얀 쌀 다섯 가마니를 시장에 팔려고 하셨어요. 그때 철이 좀 들었던지 한사코 말리며 내년에 간호학교를 가면 등록금이 얼마 안된다니 그곳에 가겠다고 말렸습니다. 어머니는 그래도 되겠냐며 나의 생각을 뿌리치지 않았지요. 쌀 다섯 가마니는 우리 가족이 일 년 먹고살 양식인 것을 알고 있었습니다.

일 년을 재수하며 열심히 공부한 후 내 꿈을 이루었습니다. 마음만 먹으면 꿈은 꼭 이루어진다는 것을 어머니께 보여주었습니다. 그러나 간호전문교육도 쉬운 것이 아니었습니다. 인체해부학을 배우고 실험하는 것은 내게 무척 두렵고 무서운 공부였습니다. 하지만 이 길을 택한 것은 나이기에 끝까지 책임을 져야 한다고 다짐하며 학교를 졸업했습니다.

첫 직장은 마산 가포동 병원 'SAVED CHILDREN FUND'란 영연방아동구호재단 병원이었습니다. 영어를 공부하기에 좋았고 나의 미래를 좀 더 높이 볼 수 있다고 생각되었습니다.

이곳의 어린이들은 모두 외국인의 도움으로 치료를 받았고 모든 것을 무료로 제공받았습니다. 이곳이 아니면 이 아이들은 누가 치료해주며 먹이고 입힐 수 있을까 참 고마운 병원이었습니다. 그들과 함께 생활하며 그들의 생활을 보고 배우다 보니 서로에게 신뢰가 생겼나 봅니다. 일하던 캐나다 간호사가 부산에 병원을 세운다며 나와 함께 가자고 제안했습니다. 운 좋게 그의 병원으로 근무처를 옮기게 되었고 그곳이 부산 남천동입니다.

이곳은 무의촌이며 태극도란 종교가 들어와 있었습니다. 재산을 모두 헌납하면 이곳을 지상천국으로 만들어준다며 속여 이사 온 사람들이 모인 곳이었습니다. 루핑 하우스에 방 한 칸, 부엌 한 칸이 전부였고 공동변소와 공동우물, 비좁은 골목길 등으로 생활이 불편했습니다. 생계수단은 엿장수 강냉이 튀밥 고물장수가 전부였습니다.

이곳에 외국인이 와서 환자를 돌봐주고 영양실조 어린이에게 영양식을 먹여 살게 하고 우유와 옷 그리고 수술비까지 보태어 주었습니다. 외국인은 한국 고무신

이 편하다며 남자 고무신을 신고 다녔는데 나도 꼭 그렇게 했습니다. 출근하면 계획을 세워 가정방문을 다니고 열악한 자를 찾아 사진을 찍어 다른 나라로 보내면 후원할 사람들이 나타나 수많은 사람들을 도와주었습니다. 매달 우유 꿀 통조림 옷 의약품 등을 보내왔습니다. 진료받는 사람들이 줄을 서서 표를 받아야 진료를 받을 수 있으니 아침부터 붐비는 곳이었습니다.

지금은 우리나라가 다른 나라를 돕고 있지만 그 당시 우리나라는 외국의 도움으로 살아난 사람들이 셀 수 없을 만큼 많았습니다. 나는 이곳에서 내 삶의 절반을 살았습니다. 보고 듣고 느끼고 살아온 것을 일기로 적기도 하였고 간협신문에 발표도 했습니다. 그것이 지면에 실리면 좋아서 또 보내게 되었지요.

외국인은 나를 더 키우기 위해 호주로 보내겠다고 이력서를 내고 호주주립대학에 원서를 내기도 했습니다. 하지만 어머니는 결혼적령기에 든 딸을 보낼 수 없다고 말려 포기하고 말았습니다. 지금 생각하면 자주 있는 기회가 아니었는데 후회막심이기도 합니다.

이곳의 도움이 줄어들게 된 것은 우리나라 새마을사업이 진행되고부터입니다. 영연방아동구호재단이 줄어들면서 부산 미국양친회로 옮기게 되었습니다. 메디컬

사회사업가로 일하게 되면서 생전 해본 적 없는 영문타자를 배워야 했고 문장도 익혀야 했습니다. 쉽지 않았지만 열심히 타자를 치고 대회에도 출전했습니다. 그러다 보니 일거리가 더 많아졌고 오타 한 자만 생겨도 불려가 꾸중을 들어야 했지요. 그때마다 그냥 좀 고쳐 넘어가면 될 것을 어지간히도 자존심 구긴다고 속상하기도 했지만 그런 일도 언젠가는 지나가는 것, 현실에 충실하며 살아남는 것을 배웠습니다. '인내는 쓰다. 그러나 그 열매는 달다.'라는 것을 알게 되었습니다.

여기도 몇 년 못 가서 철수 명령이 떨어졌습니다. 마지막까지 머물다가 미국양친회가 대구에 하나 남아있다고 이곳을 추천받고 부산을 떠나왔습니다. 부산에서 배운 일들이 많은 도움이 되어 직장생활이 재미있었습니다. 그러나 여기도 철수 명령이 떨어져 직원을 줄인다는 소식에 먼저 퇴직을 하고 공무원이 되기로 했습니다. 그 당시 공무원의 봉급은 너무나 작아 비교가 안 되었습니다.

여기서부터 내 생활에 변화가 왔고 결혼생활에 가족이 늘고 분주한 일상이 시작되었습니다. 근무지를 여러 번 옮기다가 경산에서 공무원으로 근무하게 되었습니다. 시골생활을 하며 그들의 삶의 터전과 살아가는 여러 삶을 보게 되었습니다.

넉넉한 인심과 공기 물 등이 옛날 고향의 것과 다를 바 없어 「여기에 터를 닦고」라는 시를 써서 간협지에 발표했습니다. 이미 매일신문 투고란에 「아가」, 「겨울손」 등 몇 편의 시가 발표된 후 내게도 시의 문이 열리려나 기대했습니다. 대구의 몇몇 지인들과 만나 내게 희망을 주기도 했습니다. 열 편의 시를 내어 등단한 곳이 '한맥문학'이었고, 그 후 '죽순문학' 이윤수 선생님을 만나 작품을 발표하여 회원이 되었습니다.

대구문학, 여성문학, 국제펜문학, 현대시인협회 등을 거치면서 느낀 것이 있었습니다. 정말 재미있게 놀 수 있고 서로를 믿고 신뢰할 수 있는 친구들이 모여 글을 쓸 수 있다면 나이 들어서도 잘 늙을 수 있지 않을까. 그리하여 지금의 반짇고리 문학을 함께 힘을 모아 만든 것이 햇수로 11년이 되었습니다. 지금 생각하면 내 삶 중에 가장 잘했다 생각되는 것 중 하나입니다.

또한 내가 겪은 피난 생활도, 어머니의 삶도, 직업을 통한 모든 것들이 시가 되고 내 삶의 재충전이 되었다는 것을 말하고 싶습니다.

겨울이 가고 봄이 온다는 것

김 상 환 | 시인

1.

이정애 여사는 반짇고리의 시인이다. 반짇고리라는 도구와 말에는 전통 여성들의 삶과 세월이 고스란히 묻어나 있다. '관절처럼 이어갈 우리의 삶'(「관절염」)이고 보면, 아름답고 실용적인 바느질에는 마음과 이음Fügung이 있다. 누비옷을 보라. "누비는 단순한 바느질이 아니라 누비를 통해 마음을 비우고 평정심을 얻는다. 옷을 실로 엮어 전체를 하나로 만드는 과정은 나와 우주가 하나가 되는 과정이다."(중요무형문화재 107호 누비장 김해자). 삶이 옷을 짓는 과정이고 시가 말의 씨줄과 날줄의 이음에 있다면, 서로 다른 두 언어와 세계를 이어주는 고리와 사랑으로서 시는 누비옷과 같다. 팔순을 넘긴 연치年齒에도 여전히 시심을 잃지 않고, 더욱이 시집을 낸다는 것은 인간과 자연을 사랑하는 마음이 없이는 불가능하다. 시집 도처에서 발견되는 가족(외할머니, 엄마, 남편, 큰언니, 둘째 언니, 오빠, 큰딸, 작은딸, 사위, 손녀, 외손자, 외손녀 등)에 대한 호명과 그리움은 이를 뒷받침해 준다. 그리고 무엇보다 신앙의 차원에서 '주님의 택한 백성'(「감사의 기도」)이 아니었으면, '신앙이 용기와 결합될 때 위대한 일을 이룰 수 있다'(「작은 내 딸」)는 굳건한 믿음이 없이는, 이 여사의 시와 삶이란 불가능했을지도 모른다.

지난 시간들을 되돌아본다는 것은 「세월」에서 보듯이, 겨울이 가고 봄이 오는 의미와 그 맥이 닿아 있다('누덕누덕 상처로 남아/ 무심한 바람에/ 짙어오는 고독/ 빈 나뭇가지 흔들며/ 다시 올 봄을 기다리다/ 살아온 흔적 되돌아보며/ 사랑한 곳마다/ 붕대로 싸맨다', 「세월」). 일제강점과 동란을 거쳐온 저간의 세월에는 그 누구도 대신할 수 없는 마음의 상처와 기원冀願이 있다. 이에 대해 시인 자신은 정작 "내가 겪은 피난 생활도, 어머니의 삶도, 직업을 통한 모든 것들이 시가 되고 내 삶의 재충전이 되었다."고 술회한다. 시인의 회고를 좀 더 들여다보면, "낮에는 혼자 몰래 나와 바위 위로 흐르는 물에 정신이 팔렸고, 바위를 핥고 내려가는 물 아래 가재가 노니는 걸 보고 보물상자라도 발견한 듯 신나서 해 지는 줄도 몰랐습니다. 그러다 꾸중을 듣기도 하였지요. 꾸중들은 후 밖을 나가지 못하니 빛나는 바위, 물소리, 네 발로 기어가는 가재, 작은 물고기 생각에 참을 수가 없었어요. 아침이면 전쟁이 뭔지 모르는 새들의 노래가 그곳이 천국인 듯 조용했답니다. 나이가 들어도 그곳 바위와 맑은 물이 그리워 한번 가려 했지만 그 자연은 고속도로에 묻히고 없었답니다."(「회고-나의 삶과 문학」). 이런 기억 속의 시간과 장소, 부재와 상실의 감정은 그리움으로 되살아나 봄이면 꽃처럼 피어난다.

이번 시집에는 「봄이 오는 꽃밭」, 「다시 봄이 오면」, 「봄비 내리면」, 「여름밤」, 「가을은 저만치 오고 있는데」, 「가을산」, 「겨울아침」, 「겨울나무」, 「겨울나기」 등의 목차를 보면 계절에 관한 것이 유독 많이 눈에 띈다. 아닌 게 아니라, 사시四時의 변화가 눈에 들어온다는 것은 연륜을 전제로 한다. 특히 겨울이 가고 봄이 온다는 것은 남다른 일면이 있다. '겨우겨우 살아도 살아야 한다고/ 거뭇거뭇한 잎 사이로/ 터져나오는 새잎// 지난 겨울 떨어지지 않은 씨앗'(「겨울나기」)의 이미지는 곧 죽음 속의 생명이며 씨앗이고 새로움novelty이다. 겨울의 고통스러운 시간 너머 봄의 환희에는 「통증」('어둡고 눅진눅진한 겨우사리/ 파고드는 이끼/ 그 위로 비춰주는 햇살은 감사// 소용돌이 치는 숨결/ 내 볼에 만져지는 따스함/ 두 손으로 퍼 담아 먹고 마시는 순간/ 이어지는 생명은 또 고마워')에서 보듯이, 존재의 빛에 대한 찬양과 감사와 기도가 있다. 생명은 이음이다. 어둠 속의 빛이다. 그 이음과 은총의 세계는 달리 말해 봄의 천국이다. 이렇듯 이정애 시인에게 겨울이 가고 봄이 온다는 것은 시와 삶의 이유에 해당한다. 그것은 봄이 가고 여름이, 여름이 가고 가을이 오는 것과는 궤를 달리하는, 차원의 이동이자 상승이다. 또한 '내 안에 참 평안(과)

자유, 기쁨'(「봄이 오는 꽃밭」)을 누리는 일이다. 하이데거에게 있어 감사danken가 사유denken와 시작dichten의 다른 이름이라면, 시작詩作의 행위는 신과 생명에 대한 사랑과 감사를 깊이 묵상하고 음미하며, 그야말로 탄성을 내지르는 일이다. 마침내 붉은 매화를 꽃 피우는 일이다. 「홍매화」('나 오늘/ 달콤한 바람이고 싶다/ 입술 가득 홍매화 향기 품고/ 콧소리 내며/ 당신께 달려가고 싶다// 겨울을 이기게 하신 이여/ 앙상한 가지에/ 샘물 흐르듯 생명 주신 이여// 당신의 핏물로 씻음 받아/ 맑고 선명한 붉은 빛으로 거듭나/ 이 봄 당신의 선물로 바치렵니다')의 경우는 추운 겨울을 이기고 '나'의 생명을 허락한 (당)신에게 바치는 시로서, 진솔한 자기 고백이자 속엣말이다. 가장 고결한 마음과 기품을 지닌 홍매는 당신의 피로 빚은 꽃-빛이다. 그 피와 꽃으로 죄사함을 얻은 나는 거듭난 인생이다. 그리스도인에게 이보다 샘솟는 기쁨, 더한 선물이 어디 있으랴. '입술 가득 홍매화 향기 품고' 당신에게로 향하는 나의 마음은 꽃보다 더 귀하다. 이런 기도와 감사는 자연스레 가족에 대한 사랑으로 이어진다.

비 오는 날
경산 남매지 못에 가보라

적막을 깨우는 연꽃 아래
피보다 진한 그리움

꽃잎 사랑이 열리는 뜻 아는가
얽히고 얽힌 핏줄의 사연

가난 끝에 매달린 남매의 정
비 오는 날은 빗방울 따라
전설처럼 생각을 불러 모으고

닫혀진 듯 닫혀지지 않는
그 아픈 빗장을 열게 한다

– 「남매지」 전문

경산 남매지에 비가 내린다. 슬픈 오누이의 전설은 '피보다 진한' 혈육의 정을 담고 있다. 비 오는 날, 누군가 흘린 애도의 눈물 방울 방울이 못[池]을 이룬다. 못가에 핀 연꽃은 사랑의 완성이자 열림이다. 빗방울 따라 (나의) 생각은 하나씩 모아지고, '닫힌 듯 닫혀지지 않는' 못은 그 비로 인해 아픈 빗장을 연다. 그 빗장이, 아니 문지방이 아프디아픈 것은 단절된 남매의 정을 찢으면서 서로 잇기 때문이다. 그러니까 죽음마저도 갈라 놓을 수 없는 것은 혈육의 정이고 사랑이다. 전설에는 민담과 달리 이렇다 할 흔적이 남아 있게 마련. 남매지의 흔적은 맑고 쨍하게 해 뜬 날에는 결코 드러나지 않다가 비가 오는 날이면 다시 살아난다. 연꽃처럼 피어난다. 하여 연蓮은 연連이다. 이정애 시인의 경우 또한 혈육의 정이 남다르다. 봄비 오는 날 부추전을 굽는 어머니에 대한 그리움('봄비가 촉촉이 내리는 날/ 부추전 굽다// 세월 따라 변한 입맛/ 구석구석 널려 있지만// 오늘 같은 날/ 불현듯 생각나는 어머니의 부추전// 청양고추 송송 썰어 넣은 그 맛/ 잊을 수 없어// 비만 오면/ 고치실 뽑아내듯// 어머니의 그 손맛 이어받아/ 고소한 부추전 먹으며/ 이야기꽃 피운다', 「부추천」)이 그렇고, '무릎이 아프다' 하면서도, '주먹만 한 감자와 고구마를'(「택배」) 무상으로 보내온 언니가 그렇다. 해마다 유월이 오면 돌아오지 않는 오빠, '청보리밭 이랑 사이/ 하늘 보고 누우면/ 소슬바람 나붓나붓/ 꿈속에나 만나던 우리 오빠'(「유월이 오면」)가 자꾸만 그리워진다. 코스모스처럼 나긋나긋하고/ 키(가) 큰 맏딸이 '집안의 보석'(「큰딸에게」)이라면, 둘째딸은 '너무 예뻐/ '아가'란 시를' 쓴, '시 쓰는 엄마 되어야겠다고 생각'(「작은 내 딸」)한, 믿음의 딸이다. 그리고 다시 봄이 오면 내겐 꿈이 있다. '작은 채전밭에 상추 쑥갓 파 씨'를 뿌리고, '연산홍 자목련 산다화가' 필 때쯤이면, '도시의 친구들,/ 손자 손녀들을' 다 불러 모아 새봄을 만끽하리라는 꿈. 다음은 이번 시집의 표제작이다.

2.

푸른 감나무 잎 사이로
붉은 장미꽃 얼핏얼핏 보이는 것은
내 사랑들의 웃음이 찾아온 것 같고

석류꽃이 기상나팔을 불며
선잠 깨우려 하면
라디오에서 물밀 듯 밀려오는 바이올린 소리
'드보르작'의 '라르고' 시가 노래 되어
나무들과 춤춘다

먼 여행길 떠났다
쉼터로 돌아온 듯
내 작은 창으로 아침이 오면
찬란하게 비춰오는 햇살

저 높은 하늘의 배려가
보이지 않는 곳에서
보게 되는 감사로 이어진다

― 「내 작은 창으로 아침이 오면」 전문

인생의 노경에서 아침을 맞이한다는 것은 생명의 또다른 신비를 경험하는 일이다. 그것도 작은 창 너머 감잎 사이로 '얼핏얼핏 (바라다) 보이는' 장미꽃이란 얼마나 유현幽玄한 깊이와 아름다움인가. 가시의 아픔을 딛고 피어난 붉은 장미, 이는 모든 것을 온전히 드러내지 않으며 오직 주름의 사이로만 존재하는 진리와 사랑이다. 그리고 그것을 발견하는 자에게만 애써 미소를 지어 보이는 꽃의 여신이다. 창 너머엔 감나무와 장미 말고도 석류가 있다. 그 꽃이 '나'의 '선잠(을) 깨우'고 나면, 시와 노래와 춤은 어느새 하나로 어우러진다. 때를 같이하여 천상의 악기인 바이올린 소리가 귓가에 맴돌고, 드보르작의 교향곡 〈라르고〉가 향수를 불러 일으킨다. 길 위에 처해 있는 자에게 〈라르고〉는 또 다른 집이자 그리움이다. 이 시에는 먼 여행에서 이제 막 돌아온 자의 쉼이 있다. 귀향이 있다. 작은 창으로 아침 햇살이 빛난다. 이는 인간을 향한 존재Seyn의 배려다. 염려다. 그것은 '보이지 않는 곳에서(도)/ 보게 되는' 신의 은총이며, 작은 창에서도 모든 사물과 열림이 가능한 주님의 능력이다. 겨울이 가고 봄이 온다는 것은 바야흐로 닫힌 창문이 열리고, 저녁을 지나 다시 아침을 맞이하는 것이다. 사랑의 빛, 빛의 하나님을 이 아침 마주하는 나의 기쁨은 감사와 웃음으로 차고 넘친다. 이런 아침을 집에서 맞기 이전은 새벽이, 길이 있다.

새벽길 걷다가
하늘 멀리에서
반짝이는 별빛
한낮의 삶의 실상들 잠든
고요와의 만남

이 세상 어디엔가
마르지 않을 사랑의 샘 찾아
목마름 적실 때
세상의 흔들리며 살았던 일상도
뜨거운 눈물과 만나게 된다

찢어지고 녹아져서
새벽 별처럼 빛나고 싶어질 때

아침은 먼저 와서
새와 나무를 풀어 놓고
해맑은 당신의 길 열어 주고 있었다

－「새벽길」전문

    검푸른 하늘 저편의 별빛이 그 얼마나 아름답고 신비로
운지 새벽녘 한 번이라도 집을 나선 이라면 안다. 새벽은
모두가 깊이 잠들어 있는 시간. 깨어있는 나에게 새벽길
은 '고요와의 만남'이다. 머나먼 별을 고향에 둔 이에겐 애
틋한 그리움이다. 하여 그 별은 나의 '목마름'이며, '마르지
않을 사랑의 샘'이다. 나의 신앙이며 기도이자, '뜨거운 눈
물'이다. 그 빛나는 샛별이 되기 위해 우리는 캄캄한 어둠
과 외로움을 홀로 감내하며, 빛에 대한 소망을 잃지 않아
야 한다. 저녁의 상처('찢어지고 녹아져서')가 아물고 새살
이 돋고서야 비로소 맞이하게 되는 이 아침, 그것은 '당신'
이 예비해 둔 길이요 진리다. 당신의 아침은 나보다 '먼저
와서/ 새와 나무를 풀어 놓'고 향기를 발한다. 현묘한 새
벽은 밤과 아침의 경계가 경지로 거듭나는 시간이어서 집
이 아니라 길을 요한다. 시인은 누구인가? 시간을 아는 이,
또는 새벽에 홀로 깨어나 북을 쳐 주는 사람이다('지경수
고시하인知更數鼓是何人-시간을 알고 북쳐 줄 이 누가 있겠
는가': 유인劉因). 그 소리와 예지로 뭇 생명을 살리는 게 시
인의 사명이 아니던가. 한편, 이번 시집에는 '그'라는 부정
칭이나 (미)지칭 어휘가 빈번하게 나타나 있다.

- 그가 내게 맡겨둔 열쇠/ 어디서 잠자고 있을까 (「잃어버린 열쇠」)
- 아침 식탁에 오른 이슬만 먹는 네 모습/ 아득해서 너무 아득해서/ 바라보는 그 바다/ 눈물조차 시리다 (「그 바다」)
- 눈 감으면 그 바닷가 파도 소리/ 은빛 꽃 여울 출렁이는/ 산빛 고운 가포바다 (「그 바닷가의 추억」)
- 내 앞을 무수히 날아간/ 낙엽들/ 가을, 가을 하며 머리채 흔들다/ 날아간 그 꽃 (「슬픔에게-낙엽」)
- 그 바람에는/ 뼈가 있었다 (……) 진실보다 아픔이 먼저와/ 몸져 누운 그 여인 (「바람에도 뼈가 있다」)
- 살고 싶다고 더 살 수 없고/ 말하고 싶어도 말할 수 없는/ 바위처럼 무거운 침묵 (「그 목소리 들을 수 없는데」)

등에서 보듯이, '그', '그 바다', '그 바닷가', '그 꽃', '그 바람', '그 여인', '그 목소리'가 이에 해당한다. 여기서 '그'의 문법적 기능은 「잃어버린 열쇠」에서처럼, 어떤 인칭(즉, 남편)을 나타내는 대명사로 쓰이기도 하지만, 뒤에 이어지는 말을 강조한다거나, 마음속 깊이 사무치는 느낌 또는 어느 하나로 규정하기 어려운 경우에 통용된다. 그냥 바다가 아니라 '그 바다'는 너무 멀고 아득하여 바라보는 나의 눈물조차 시리다. 그러니까 바다는 미지의 '그(것)' 자체이다. '그 바닷가' 파도 소리는 가없는 수평선으로서 시각의 대상이 아니라, 오히려 눈을 감아야 들을 수 있는 시간(기억)의 대상이다. '그 꽃'은 어떤가? 머리채를 흔들며 바람에 이리저리 날아간 낙엽은 한때의 꽃이었다. 낙엽에서 꽃을 본 그것은 애민愛憫의 감정이다.

인생도 그렇다. 바람이 아니라 '그 바람', 여인이 아니라 '그 여인'의 속에는 뼈가 있다. '얼마나 아프고 얼마나 견뎌야 (그) 진실을 알아줄까'(「바람에도 뼈가 있다」). 그에 대한 이정애 시인의 관심은 구체적이고 특수한 상황과 개인에 대해 시선이 머물러 있다. 시가 목소리의 현상이라면, '그(녀) 목소리'는 결코 볼 수 없고 '들을 수(도) 없'다. 심지어 '말하고 싶어도 말할 수 없'는 그것은 침묵의 원原현상이다. 그는 인간의 소리이자 신의 음성이며, 목소리 자체를 의미한다. 순간과 영원, 성聖과 속俗, 아름다움과 슬픔을 이어주는 그는 치매병동을 집으로 착각하는 할머니가 '하얀 코고무신 신고 새처럼 날아갈/ (바로) 그곳'(「하얀 코고무신」)이다. 이번에는 이정애 시인의 또 다른 시선들을 따라가 보자.

실낱같은 바람
스쳐 간 우듬지에
잠자리 홀로 맴돌다 가는 정적

먼 데서 뻐꾸기 울음소리
듣고 있노라면
푸새처럼 마른 잎들
노을 젖은 제 그림자에 놀라
파르르 떨고

가을비는 오다가다
비릿한 세상에
타래로 풀어놓고

가뭇가뭇한 세상
차갑도록 비는 내리고

－「시선」부분 ①

노인과 소
전생에 무슨 인연이었기에
가시밭, 좁은 농로 마다 않고
짓무른 손발 앞세워
살아가야 할 업보

서로를 바라보는 측은한 눈빛
무슨 죄 있어
이끌려 다니는 모습인가

고단한 삶의 끈
어디까지일까, 남자란
원죄의 슬픔에 메어지는

운명의 끝에서 탈진한 두 모습
음메… 워낭 소리
소가 부르는 마지막 소리

－「워낭소리」전문 ②

어우러져 살던
사랑하던 사람들

낙엽 지듯
하나 둘 떠나가고

마음 허전해
어쩌지 못해서

가을 바람 앞세우고
나서는 골목 끝

아스라이 번지는 석양
소리 없이 울음 우는 호수

하늘 땅 큰 설움들
노을로 물들고 있다

               –「노을에 물들다」전문 ③

　①은 실존과 현실을 아우르는 냉정冷情의 시선을 유지하고 있다. 우듬지의 고요와 정적, 마른 잎, 그림자의 실존적 이미지는 모두 차가운 비의 현실과, 비릿하고 가뭇가뭇한-앞이 보이지 않는 세상에 대한 염려에서 비롯된다. 이 둘의 오묘한 결합이 시선에 깊이를 부여한다. 여름과 겨울 사이의 가을은 긴장과 이완의 경계에 속한다. 이 가을날의 경계와 우수, 먼 곳의 울음/소리가 들린다. 존재의 들림이

다. '바람(이)/ 스쳐간 우듬지에' 가을 잠자리가 저 혼자 맴을 돌다간 이내 사라진다. 고요한 흐름이다. 마른 잎이 노을 속 '제 그림자에 놀라/ 파르르' 떠는 것은? ②의 시선은 죽음 뒤에 주어지는 워낭 소리에 있다. 소와 노인은 '전생(의) 인연(이자) 업보', 아니 '원죄의 슬픔'이다. 하여 서로에 대한 연민의 눈빛은 주고 받았어도 이렇다 할 말은 없다. 고단한 삶과 운명의 끝에서 탈진한 소와 노인은 누구인가. 소의 고삐와 워낭이 마침내 풀어지는 순간, 들리는 소리-워낭 소리는 소에 대한 노인의 만가輓歌이자, 마지막 애도의 음성이다. 이젠 소의 주인인 노인마저 가고 없다. 소와 노인 즉 인간과 사물에 대한 지극한 사랑과 연민이 이정애 여사의 시의 마음이고 시선이다. ③의 시선은 저녁놀에 있다. 뜨겁게 타오르던 하루 해가 다 저물고 서산으로 기우는 이 시간은 누구라도 마음이 엄숙하고 갈앉게 마련이다. 살아갈 날보다 살아온 날들이 보다 많은 이라면 말할 나위가 없다. 사랑하는 사람들이 하나, 둘 곁을 떠난다는 것, 또 이를 지켜보는 일이란 실로 슬프고 허전하기 이를 데 없다. 쇠잔한 빛이 먹처럼 스미고 번져나가는 이 저녁, '소리 없이 울음 우는' 것은 비단 '호수'만이 아니다. 천지간 서러움이란 서러움은 죄다 노을로 물들고, 딴은 불타고 있다. 그러나 그럼에도 불구하고, 호숫가의 지는 해가 더욱 아름다운 것은, 물과 불이 만나 생의 절정에서 피워낸 꽃이기 때문이다. 그렇다면, 이정애 여사의 지금-여기의 마음은 어디에 있는가?

3.

> 그냥 아무런 말도 하고 싶지 않을 때
> 산골짝 흐르는 물소리 곁에
> 앉아 있으면
> 도란도란 내 이름 부르듯 하여
> 대답처럼 카랑한 물에 손 담가 본다
>
> 물은 혼자 먼 길 향해 졸졸 잘도 흐르고
> 기나긴 세월 뒤돌아볼 겨를이 없다고
> 다만 흘러서 갈 뿐이라네
>
> 뒤돌아보는 것은 지워 가는 것일까
> 늦은 후회가 돌아와
> 뽀드득 비누로 손 씻듯 씻어버린다
>
> 저무는 태양처럼
> 비스듬히 하루를 다 먹어 채운 배 불림으로
> 구름처럼 하늘을 떠돌다 갈 수 있으면 좋으련만
>
> ─「그냥」 전문

　세상의 나이를 어지간히 먹게 되면 정말이지, '그냥 아무런 말도 하고 싶지 않을 때'가 있다. 그냥 흘러가는 물소리가 참말인 것을 알고, 그 곁에서 그의 음성을 듣고 온전히 마음을 내맡기기만 하면 된다. 내 이름자를 부르는 듯한 물의 목소리에 가만히 귀를 기울이고, '대답처럼 카랑한 물'에 손을 담그면 온몸이 깨어난다. 물은 누구도 없이 흐름 자체에 몸을 맡긴다. 물은 그냥 그렇게 흐르고 흘러갈 따름. 물은 모든 것을 지우고 씻어 버린다. 그 이음과 승화의 전언에 마음을 내맡기다 보면 하루 해가 짧다.

이제 시인의 마음은 '비스듬히' 기우는 태양에 있다. 그 비탈의 언어와 정서가 더욱 귀하고 중한 것은, '산골짝' 사이를 흐르는 물과 '저무는 태양' 그리고 '(뭉게)구름처럼 하늘을 떠(흐르)다' 가는 자유함에 있다. 자연에 순응하는 삶은 수동적이 아니라, 수동적 주체로서의 삶이다. 이정애 여사의 경우 이러한 삶의 이면에는 기독교적인 신앙이 심연처럼 가로놓여 있다. 고락을 같이한 '그가 내게 맡겨둔 열쇠는 어디서 잠자고 있을까'(「잃어버린 열쇠」). 잃어버린 나의 기억은 혹여 시의 비밀을 여는 단 하나의 열쇠는 아닐까. 시집 말미의 산문(「회고-나의 삶과 문학」)은 단순한 부기附記가 아니라, 시와 또 다른 느낌과 감동을 선사한다. 겨울이 가고 봄이 온다는 것, 그리고 아침이 가고 저녁이 온다는 것.